詩長調・十五日之思念小冊

張至廷 著

嘈天噪地
非為人鳴

月亮二毛六便士
甲午秋日

詩人不能沒有芬芳

——張至廷《詩長調・十五日之思念小冊》及其聖殿

虎尾科技大學通識中心副教授　王文仁

論述、分析一位詩人及其著作，從來就不是件輕鬆容易的事。就像我們總勉力勾勒愛情，而愛情的真相卻始終深不可見。把這樣的想法放在談論至廷兄及其詩作身上，可說是再貼切不過。多才的至廷兄不僅是位書法家、劇作家，又熟練於操刀小說、散文與新詩。可以說，在文藝的領域上，能夠用來表現自我與現實、哲思世界之互動的溝通渠道，他都大有創新、嘗試之心。

至廷兄的詩國版圖登場的並不算早，但是在出版不久的《吟遊・奧圖》（二〇一三）與《西藏的女兒》（獲選二〇一三台中市作家作品集）中，我們可以清楚地看到，他相當熱切於經營經營體制龐大、結構驚人的敘事長詩。從中國古代文學的源流發展來看，敘事詩的形構遠不如西方史詩來得發達；走入現代之後，在新詩發展典範的建立過程中，敘事長詩依然較少得到作家們的青睞。臺灣的作家中，一九九〇年代都市文學的旗手林燿德（一九六二～一九九六）雖曾一度用心於經營長篇大構，可惜其英年早逝，未能讓此一烽火有擴燃的態勢。

從上述兩本長詩集來看，至廷兄不僅致力於營造多元、翻轉的敘事，更樂於引領開闊徹悟的人間哲思，開拓新世紀長詩的新風貌。他的詩篇中故事經常綿延推展，寓意也不斷翻騰深刻，要能完整譯解實屬不易。他在近期即將出版的《詩長調・十五日之思念小冊》，不僅延續了這樣的特色，更透過對千古愛情課題的反覆辯證，建構詩圖偉業的聖殿。在這本集子裡頭我們可以看到，〈聖殿之崩毀〉中過於濃重且令人窒息的愛情令人無所逃避，且牽引著神祉的心緒。在〈新虛無自我後設神劇〉裡，愛情成了神性的連繫，以及抗拒殘酷與物化的唯一武器。在〈四君子〉中，「輕憐的愛意只在永世嚴寒中喘息」。在凝視今古且穿越夢境的〈行吟者〉裡頭，妒愛則化為密語，引領詩中的「我們」重建家園。至於，這本詩集的同名詩作〈十五日之思念小冊〉，則可說是我們這個時代版的〈上邪！〉。

〈十五日之思念小冊〉一詩共七百多行，敘事上皆由第一人稱「我」出發，傾訴對「你」的愛意流轉。全詩一開頭，即以「且莫管，誰施了這樣的咒法／愛人，也許是可敬的上蒼　也許／是充滿惡意的命運之神　也許／也許這只是我慣常的句法　而也許／是妳，妳是個自眠的精靈　我知道／為了甦醒第一道陽光的溫煦擁抱／妳必須深深入眠，甚至邁入死亡狀態」，點出睡美人般的故事情境，而「我」在思念與等待的追索中，必然凝視自我成為詩人，藉由寫詩來證明愛情與彼此的存在。在是與不是，真實與虛空之間，內在不斷翻騰的「我」終究成為「時間的佃農／不能停止揮舞著問號」。詩行的前進誘引著我們想起：在千古的描摩與鋪展中，愛情從來不僅僅只是愛情，它是千古情感的驚天一問，更是人類探索情感內在與共鳴的萬靈解藥。愛情是神，是童話，是絮語，也是「魔法師掀開絲罩將藍寶石／擁入懷　心跳的真實」。思念叨叨絮絮，而愛卻始終沒有完結的一天，就像詩人在第十五日中所說的：思念尚未結束，而詩篇永不完結。這樣一首愛情的巨構讀來感情真摯、悱惻纏綿，但詩人不時要我們凝思的，卻是超越愛情的人生詩篇。

在這本詩集的〈跋・箴言〉中，詩人以對「獅子」、「樹」的另類鋪述，帶出最終對於「詩人」的想法。他說：「詩人不必是昂走的獅子，也不見得如樹立定、耐煩，但不存在於沒有獅與樹的國度，且不願長眠於地下。由於詩人是游離的，孤高者才自見其魂魄；由於詩人是聞嗅的，便不能沒有芬芳。」是的，知悉如我者明瞭：詩人不能沒有聞嗅這個世界的能力，亦不能沒有看穿一切表象之心眼。愛情的課題也好，神話的課題也好，不過都是詩人們藉以構建其心靈聖殿的路牌。對文藝虔誠如至廷兄者，在這樣的一本集子中，以精闢的識言為我們揭示：「詩人不能沒有芬芳。」

傻狂續書顛狂痴傳

——序《詩長調・十五日之思念小冊》

白髮老兒的競飯者　陳先馳（本事見《在僻處自說2》，頁二二三。）

「冤枉阿，大人！小的完全不知曉啥秘密大人的，別再審了，這麼些天了，還讓不讓人活啊！」

連著幾日從亥時到卯時的夜審，小陳子恍恍惚惚地，顧不上這是公堂，崩潰地哇啦啦的哀嚎。

辯士：不過就是個一棵老樹、一隻番外來的金黃鬃毛大貓事，犯的上啥欺君大罪嗎？嘖嘖，這不就花個時間等待下去就可以了嗎？小陳子既不是個烏盆，又不是那個郭淮，堂上的老爺雖也生有異相，五十不到，髮鬚皆已蒼白，卻也不是個黑臉包子啊！看來，小陳子落在這白毛大人手上，有必有一番苦頭吃了，唉……！

●●●

文本的創作是嘔心瀝血（不過對本書的作者，本人持異常保留的態度），尤其是長篇，在創作的過程中，作者的意識與念頭很難不在其中留下痕跡，仿若生痕化石，除非把整個文本都抹滅破壞，否則是擦也擦不掉的。當然，時間是不在此限的！把這些生痕化石拾輟、拼湊起來，然後弄出個小名堂，那就是讀者的意義閱讀了。

中文新詩一道，就創作篇幅比例而論，大多數都是小的短的，中長篇幅就已較少見了，至於專以長篇來做創作主力的如這個髮鬚皆白的大哥，真的是少之又少，簡直是罕見到令人髮指的地步了！所謂的罕見，那是真的罕見，完全是主觀印象和客觀描述的實在詞，沒半點兒灌水和填鴨；至於令人髮指，不多說，就是完全爆發不講情面的主觀形容，沒半點商量，就是這樣！

「大哥啊，沒事別寫這麼長好不好！」
「就是沒事才可以寫得長啊！」
「啊，大哥，那你可以找點事做啊！」
「就是沒事所以才找點事做啊，怎麼，有意見啊？」

沒事真的別把　首詩搞成一本書，在這兒小子奉勸各位看倌，別學這壞毛病，真的累死是這些親朋好友、豬狗貓毛什麼的兄弟！

從《吟遊・奧圖：張至廷吟遊詩集》、《西藏的女兒》，到現在這本《詩長調・十五日之思念小冊》看起來似乎都不是長篇，可事實上每一本都可視為是一首長詩。這是大哥的癖好，就好像他的微小說選《在僻處自說》和《在僻處自說2》，老是選在大家都不喜歡的冷僻一角落玩耍，然後冷眼橫眉看紅塵。

序，是一種極好寫卻又是真不好寫的不是東西。啦啦喳喳的給糟粕一通也是一篇；要好好寫的話又得顧慮幾個事項：1自己是不是有腦殘。2東西有看有沒有懂。3要寫到多少才會恰恰好那個深度。4還有……，是不是要把作者自況、自戀、自爽的東西通通翻出來呢？不過關於這點，我想還是要有一點兒人身安全的意識，全憑各自買了有多少保障，性命自己顧隨！

話說那位辯士的旁白還是有些不準確的！精一點準地說，其實是那隻白毛公獅子老喜歡在樹林裡狩獵，到了最後當然會出現了一些違常的怪異性格。譬如說：獅子沒事不會哼哼嗨嗨，弄個繞口令似地不斷翻唱，卻又不時佛心來著拗一下口以求轉換節奏彰顯他的與獅眾不同。我猜想這是他在樹林裡聽慣了蟲林鳥獸、奇蠍魍蛇、怪爬淫蟲的環境噪音後的長年累月，不知不覺地就編纂出這樣爽死自己鬧死別人的特殊律動感，各位看倌，看到沒？有在亂抖了看他沒？哪有這樣的公獅啊！

公獅的節奏，不就是在大草原或矮灌木叢裡該是懶洋洋的平常，然後打架時，才旺吼一嘯、狂撲一番嗎？

可是他卻不是，喜歡惦惦地在樹林的邊緣，安安靜靜、從從容容的觀看大草原上的揚塵和赤陽，攢著一副隱士般離群索居的習性——罩看。沒錯，別懷疑，我沒打錯字，就算我被獅子咬掉中指，我也是要打出來！你說過不過份啦，一隻獅子，擺擺POSE顯顯譜那絕對是應該的，相信沒人會反對，可擺弄出樹枝的偽裝術，就是那種把自己站起來，再把眼睛掛上樹梢，這可是為看更遠的哪樁呢？

我一直想一直想一直想………。想到無盡頭的地平線繞過來的這一方，終於想岔了！所以，他不是隻公獅子，只不過是一隻花白獅子。嗯，這讓我夢想起千個年前的說法，「公獅非白獅」！

所以他是一棵妖樹的獅子！

啐！別管這合不合理、邏不邏輯，反正這樣就對了！以前有個姓李的外國老人曾經說過：雖然不合邏輯、理性與常識，但只要一直有出現，那麼極可能是一個我們還沒認識、理解的真實事件。

嗯，回來回來。沒錯，就是「罩看」！

帶著一絲譏嘲笑意、縫在冷冷毫無情緒裡，卻偏偏就是這樣才露了餡。這可是我冒著艱苦的生命近距離特貓著黑瞄到的文字直播特寫，要不然你告訴我，他幹嘛要讓眼睛高過樹冠層來「罩看」啊！這可是一隻白獅啊！身體裡淌的是熱情的血，何必冷呢，是吧？（我又何必呢？）

不信?!那你去直直看他那雙獅眼！

不敢?!那你憑啥跟我叫板？哼！

觀其眸，獅闍，……！啊啊！這次完全是打錯字了，沒法兒，中指被咬掉了，總是不利索啊！可惡的是，這隻還口中哼著曲兒，可我竟然是從他的眸中破解出曲的名。為了證明，我費盡食指殘缺的溫柔耗盡心力終於把證據留了下來：〈https://www.youtube.com/watch?v=7IfeHPMphsw〉

那麼，到底「罩看」著什麼？又是用啥樣的心態呢？公獅子是有領域意識的，在這裡，有驕傲、有俯瞰、有悍然；是漫然、是柔情、是等待。看的正是他活著、存此身的岸然天地。可是也別用一般的公獅套用在這隻大白公獅身上，要不然你一定會傻眼的。啥？你問為什麼！那我這麼問你，你要甚麼理由：抽象的？還是具象的？兩個都要啊！人家有一個知名女歌者是甚麼都不要，而你是甚麼都要！給你個忠告，這麼貪心是不好的啦！

那先講抽象的；1你啥時候看見過獅子用樹林當作自己的地盤，然後還高高掛起來眼睛在樹冠層裝起來到處眼飄飄？2你是跟我一樣腦袋浸水啊？「公獅非白獅」不就是一直說得清清楚楚讓人迷迷糊的嗎？

說具體的？那看倌你可以先爬進他的嘴，記得要避開牙縫，先在東南角邊上點上一只蠟燭。啥！你問我又不是摸金，幹嘛點蠟燭？看倌你真是犯傻啊，在獅牙邊上，你覺得要不要給自己一個明燈？然後一路仔細瞧瞧下去，看看我的中指現在怎麼樣地被折騰了？如果還可以，你可以帶個電子顯微鏡和一堆奈米機器人軍團，邊走邊遊覽觀察，順便搞個科研計畫。我也真的很想知道一隻只吞中指的獅子，他的平滑肌到底長得有啥不同？可是記得，出來的時候，順便稍帶上來我的那離緣的中指！

說了這麼多，到底看懂了沒啊？還是有了法子評估腦殘的程度？喂喂喂，幹嘛用白色的衣服把我綁成這樣，胳膊粉痛得要命せ！

●●●

小陳子被一團冷空氣砸醒，不自覺打了個激冷順帶著兩鼻子管的清湯緩緩流出。

「奇怪了，昨晚不是在堂下捱著，怎麼著現在是在哪啊？」

「白雲朵朵掛著，可這樹的高法可不是蓋粱啊！小陳子要怎麼停消呢？」辯士的聲音竟悠悠地在飄了下去！

目次

序・風花雪月

賣風花雪月哦！
有沒有人要買風花雪月？
・
—風月—
未滿十八禁購春風
秋風七折起
朔風奉贈
貧病者自行採收
欲購新月先請預約
限量發行到期領貨

請支持人性分級制度
保護下一代
。

—雪花—
罐頭雪！罐頭雪！
阿爾卑斯山空運來臺
不含人工色素
無糖、低卡
可回收，環保新主張
你問我　買雪做什麼？
作者已死——天為什麼下雪？
。

——花女——

「先生，要不要買花？

小姐這麼漂亮，不買束花送她嗎？」

花這麼漂亮，妳捨得賣嗎？

「可是我得活下去呀！」

妳也漂亮得像朵花兒，賣給我吧！

「可是我不能只為了活下去呀！」

有精緻的花瓶兒，妳可以為了美而活。

「可是有這麼漂亮的小姐，你還不滿足？」

有好價錢，這朵花也得賣。

「先生，到底要不要買花？

小姐這麼漂亮，花——都快枯死了啦！」

。

—風花古月—

老闆，這真的是明朝的風花雪月
不信拿去照鈷六十
啊！不對　是作碳十四
什麼？清風明月不用一錢買？
。

—風花新月—

歡迎選購
尖端科技新產品
數位式全方位風花雪月
立體剪裁乾爽不側漏
什麼？極速多少……很快
營養成份……很多
單頻雙頻……有頻

・
賣風花雪月哦！
有沒有人要買風花雪月？
。

—度小月—
一碗？要不要加辣？
慚愧，板凳就這麼兩條
諸位挪挪腿湊合湊合吧
諸位拿毛筆的畫筆的自來水筆的
捏泥巴的敲石頭的
就你們這群苦哈哈光顧這小攤子
敢情你們很愛吃風花雪月？
。

——也是度小月——

呿！有啥辦法？吃不起別的嘛！
。

肺泡的傳記

一

她在嬰兒床的側面種植一棵
尚無年輪的小樹
為她的孩了補習光合作用
嬰兒每天規律或不安地吐納著自己的肺泡
以抗議著小樹所盜取的陽光

．

嬰兒尚未斷奶
而小樹稚氣幻想著
神木的偉大

仰視天花板
也俯看花盆
・
她在嬰兒床的側面養一缸
會吐泡泡的魚
然而水中小樹也吐著不同泡泡。

二

小孩漸漸長大
年輪尚未浮現
只是肺泡漸漸稀薄
小樹換掉六七棵
在同一盆

・
經過多年
年輪終於浮現在臉龐
神木一般的男人
樹皮也有些剝落
他正住在醫院

・
第一棵小樹最懷念
魚倒是同一缸
魚為什麼不死
每天吐著令人厭煩的泡泡

・
肺病需要安靜療養
不能　上課　勞累　工作　跳舞

唱大聲的歌
同伴是樹
無聲的魚
。

三

緊急送往開刀房
這不是治療
而是取樣檢驗
醫師在麻醉師的嚇阻下
猛然剁入
·
拈出一朵最美麗的肺泡
清楚地看見它的雕琢

是深深的浮雕
深處且吹彈欲破
・
醫師喚起遺忘已久的藝術修養
靜靜地審視這肺泡
麻醉師掌著燈為醫師擦汗
・
結果是很重要的
醫師捧著肺泡步出
門也不掩
實習醫生縫著胸
望著半開的門
。

四

神木遷就年輪的任性
不願減肥
啄木鳥卻無端餓死
樹蟲爬著年輪一般的軌道

．

他日益消瘦
懷念行動不便的樹群與
被囚禁的魚的班級垂死無力的樹的醫生

．

母親浸著一輪一輪的惡夢
夢中孩子反應爐內斂的激昂
分裂每一次都出差錯

．

年輕人的喪禮照他的遺言
供上麥當勞
自願陪葬的魚兒們
躺在胸口吐著泡泡
·
。相。濡。以。沫。
。

聖殿之崩毀

●Apollo神殿獻辭

駕御烈火，每日播種生長；
在你的凡性當中，雖然將辛勤
化為榮耀，整個神界中獨有的榮耀。
即使永生不死的虛榮，
就是光和熱本身，然而，
甚至巧手的瓦爾肯也不能　　（Vulcan）
不能從其他的原質冶鍊出
所有山澤精靈棲巢之所；
與鑄作大海子民有限自由的權勢。

因為你日復一日絕非令人不耐的
驕傲；舔舐著大地的、驕傲，
洶湧著普羅米修斯（Prometheus）一般的神族熱血；
海神不致苦惱於鬍子上的冰渣，
祂的權杖得以在早晨梳理體面之時，
仍然保有體面，免去那不好見人的用途。
如果你的主宰，奧林帕斯（Olympus）的徽章，
不曾生下你，人間也許將不能長保繁榮的紛亂，
眾神的樂趣，這徽章閃放出來的
雷霆，至少也得少去一半的威嚇吧？
所以你端坐火燄，且永不疲倦，
三個神界才能各安其所，而非無端游走。

日輪大神呵！
你是這座最高城堡的顯赫，
拂拭增輝最盡責的工作者！

。

●月桂樹獻辭

湛綠而茂密的羽葉縫綴妳的衣裳，
若說是端莊，我情願從側面
看到嬌羞；舞蹈般的姿態，
若說同向日葵一樣的懷抱，
我寧可回想那美麗的懵懂。
妳所逃避的，究竟是
那俊俏的情郎，還是感到
過於濃重，令人窒息的愛情？

瑰偉的銀弓大神，也成了
小小弓箭的俘虜、調侃，
倒不如說是注入一劑活動血脈的泉湧。
當歌聲脫離了金豎琴的平和，
訴著氣音的呼喚：Daphne! Daphne!
我知道那壯美的青年正在
治癒祂天生難免的貧血症。
我們如何能夠期望既是病人
又是醫生？醫生多半只是病原者。
因此妳成就了另一種美，月桂呵！
妳所以永遠標識愛情；
雖然不知誰才更為冒失，但冒失，
確實是頂戴神思的絕對榮冠！
妳的老父也許不算是個老糊塗，
（Peneus）

且暫將祂不易估量的精明放一旁，
也不要推測祂迫切間的計劃；
深切而鬱結緊密的急綠，
輕柔曼妙而浮動的枝條，
或許就是妳過濾神的悲喜愛惡之後，
臻於純粹而確定的形態吧！

。

●Phaeton獻辭

凡人間最大膽的英雄呵！你的勇氣
你所嚮往的事業，難道不是
從你身體底層隱隱蘊藏的神性，
飄發出來的淒厲呼聲，
作為一種驅策，一種志向，

一種鎮日煩擾你的疑惑，
一種撕咬著你的心肺，亟欲爆裂而出的
一種以「證實」為唯一養料的饑渴？
人們傳說你是愚蠢的、妄為的，
又惋惜你正巧沒有赫克力斯的體質，（Hercules）
所以你高貴的家世卻是打造悲哀的好材料。
唉！原諒他們終於不會明白
蘇格拉底醉人的甜酒，戴奧金尼用盡全力的（Socrates，Diogenes）
休息；人們不明白追求永遠的安息，
要用超乎理性的理性來放手一搏。
不願沾染滿臉血跡而懷戀乳香的幼獅，
必須在斷乳前死去。否則，最後仍然不免
與戟張的雄鹿之王展開一場爭奪主權的
生死之鬥。將鮮血第一次塗抹嫩頰，或

或者將自己燃燒的血流，
獻祭大地；彌補大地生養我的乳汁。
純潔的費頓呵！慶幸你的青春！
老謀深算是生命之花枯萎的腐味兒。
由於你魯莽沒個思量的衝動，
我嗅到了芬芳當中最強烈的高潮！
。

●Hades神殿獻辭

冥府裏與眾不同烏晶式的
美麗，在穿過人神不能違背的
守誓河方始到達。跨越生死的　（Styx）
界線；或者「死」正是人間最信實的
承諾；唯一不經流動而質變。

即使有一天，阿諂波斯轉了性，（Atropos）
她的利剪亦不能截斷這，永世的保證！
可惜冥府的居民們，大半還不能洗脫
「視力」這種人世間的污濁；
陰鬱的火光，遂成為遭逢猜忌的僅剩的
弱點。然而純然黑色的海帝士呵！（Hades）
愛洛斯不過是個稚嫩的孩童，（Eros）
瓦爾肯製造那玩物也非特別認真；
你長久呼吸著冥河的水氣，
是否心靈的角落仍有一些餘燼的
溫軟？倒像是阿奇里斯的腳跟？（Achilles）
泊瑟芬是鮮彩及熱度的女兒，（Persephone）
你無情地擄獲她無盡的熱力，
用六顆石榴子節制她的悸動；

你心底像是沒了生氣的餘燼，
才得以悶然地再度隱藏下去。
這麼說，「死」卻不是一種純粹嗎？
你容忍著地府幽微的火光，
也堅持著絕對的「冷」；
但是還有你始終典型的，「硬」與「黑」，
竟就小小心心地悄然閃爍下去。
。

● Prometheus, Hercules 對話錄

啊！可憐的人呵！
究竟你犯下了何等罪行？
被鍊縛在不毛的禿岩上，
受烈日鑽刺般地燒烤，

兀鷹嘲謔般地啄食；
　　你可曾後悔過你粗率的作為？

•

善良的犯錯者，
我並不後悔我的作為。
我用苦難來典贖我的善意，
正如你所欲洗淨罪愆的苦行；
我在兩個崩毀的聖殿之間，
學會喘息。

•

唉，自由的人活在悔恨當中，
　　受刑的人卻在喘息餘溫。
我看著你慘遭啄食的內臟，
　　並不因殘破而腐爛；

我看著你痛楚而扭曲的表情，
　並不因忍耐而險惡；
雖然你的身軀像是不能保持完好，
　瞧！你遮蔽的岩縫長出一抹鮮綠；
怯怯地，吸吮你的汗水、血滴，
　你還能支持許久嗎？為了這草。

・

我但願永遠能夠撐持下去，
雖然崩毀才是真正的至福。
但我愛我的殘軀乃至於繫念我的子民，
我但願能夠撐持到人們真正學會喘息。

・

啊！聖殿將要崩毀！

・

是的，聖殿將要崩毀。

。

音聲七啟

——第一回合

琴鍵忽然自動跳起舞來了
她被練習過的曲子一遍一遍來過又自己換算不同節奏
節奏算什麼　她說　節拍器說　妳沒有道德
來一段貓在鋼琴上散步
然而妳死了妳死了　這算什麼鋼琴
誰理你誰理你你究竟自以為是誰
敲著死板的步伐　你你你　木魚去不會啊
我很木魚妳不鋼琴我很木魚妳不鋼琴我很木魚妳不鋼琴我很木魚

是又如何

。

——第二回合

鋼琴老是覺得嗆咳甚至感到縮缸的命運被陰謀著其實呢
小女孩跳房子跳鋼琴喵咪似地懶懶踩著咪咪步　夠嗆
夠嗆吧　節拍器不以為然地用傳音入密的絕頂神功告訴鋼琴
嗆了吧
嗆吧　還妳個問號　這老師死氣活樣地墮慢六百二十七分之一拍
作什麼討好學生哪　木魚個不木魚真是職業道德大淪喪
這小笨童乾脆卯起來　敲敲打打個木魚頭　槌槌扁扁爛她個砂鍋魚頭
小女孩下課鋼琴咳完節拍器氣嗆嗆地氣

嗆嗆地氣木魚很久沒人敲了　貓在鋼琴上回籠覺去了
鋼琴抱著喵把嗆全部一起睏棄
。

——第三回合
琴鍵又站起三七步　瀏覽半遮面的社會新聞版　幾條腿漫拽著太妹式抖
喵被震醒了春聲於是有了豐富的餘波不過
喵春也被震得個想要去咳化痰　鋼琴被喵的咳春笑得箇花枝亂嗆的咳
被被被被被怎麼都是被　再還一個問號
木魚也被木魚誰都被誰只有節拍器　不被
他被大家
。

——第四回合

鋼琴這次很乖她規規矩矩踱方步　節拍器搖頭晃腦很欣慰
很得意很恬適很平靜很慈祥很滿足很陶醉還很點點點點
問號今天休假明天請早
世界真的很和諧　嗆咳不再結核男人不再嫖妓女人不再嫖化妝品而且呢
喵可能也會開始叫夏秋冬但是　現在牠還安靜的因為
現在的世界太很節拍器發條鬆了　大家都睡著了
。

——第五回合

節拍器終於被貓這世仇狠狠修理一頓飽的
修理得該棄修理了
代班的是誰說他像魚的木魚那　木魚像誰誰個木魚有不同髮型
都刮光了頭準備挨敲

鋼琴敲著自己的心絃推敲著另一種舞步
木魚被敲昏了頭再也不推敲節奏
你這沒有道德的木魚你是有頭殼沒頭腦嗎她用無調性狂想曲說
誰理妳誰理妳妳心裏有太多絲緒我可是頭毛半根也無木木的木魚木木的說
你是木魚我很鋼琴你是木魚我很鋼琴你是木魚我很鋼琴
你這捱敲的貨
貓被他們敲來敲去所以貓真的在鋼琴上昏倒了
。

——第六回合

木魚雖然永世長不出頭髮但也不必儘沉淪無上妙道那真的很遜
鋼琴還是很愛變奏　但現在都走的世界名曲路線氣質得很
問你可曾注意問號問號其實木魚還真是咧著嘴笑呢
別再問號了

告訴你說　那個問號就是少了個木槌的木魚所以總不回答
木魚既然輕快起來　鋼琴也就舞姿優雅　節拍升官為重奏　喵的咪咪呵完一切
積欠　點播一首搖籃曲就又睡牠個不是昏倒的大覺去了
。

——第七回合

最新奉請的節拍器火辣辣地走馬上任在虛席以待的上座部正式登基
上了發條在為萬世開太平聲中
喵嗚率先發瘋　口中發白沫　鋼琴也有些錯亂她說
我不調音我不調音你們根本聽也聽不懂我說什麼
節拍器可抖了
完全是一種天威難測的國字臉型敲釘轉腳
木魚還在家但又被本位主義訓示一頓繼續被一支驚歎號形木槌敲他個

空空空空空還有嗆咳　空空空空空
。

後記

問你可曾注意問號問號其實木魚還真是咧著嘴歎呢
。

八不主義——曾參殺人事件

《戰國策．秦》：昔者曾子處費，費人有與曾子同名族者而殺人，人告曾子母曰：「曾參殺人！」曾子之母曰：「吾子不殺人。」織自若。有頃焉，人又曰：「曾參殺人！」其母尚織自若也。頃之，一人又告之曰：「曾參殺人！」其母懼，投杼踰牆而走。

一．不犯罪事實

腦波總是指紋著眼神不斷地嘰哩咕嚕呸

呸呀究竟安的什麼心說來聽聽我也不聽說真的

曾參真的殺人曾參真的殺人曾參真的殺人再唸參次再來參次

不要相信因為種種的因為
書本印了上千年上千年裏不只上千人說曾參真的不殺人可是
可是等等但是等等且事實最後是
曾參到底不殺誰誰個這個人
奇怪誰被殺掉誰從事實把他刪掉
歷史只剩參個指紋不小心印在眼神上很眼翳到了三國很眼翳然後到了民國
曾參也還是不殺一個人
腦波一路趺趺撞撞歷史耳中還冒著嘰哩咕嚕嘰哩咕嚕的泡泡
呸呀曾參真的沒殺人嗎他呀我看這是
找不到他的指紋算他嗯算他沒有前科好了
。

二・不脫罪原因

曾參他娘的端裝嫌雅因為曾參很有出息曾參很有出息
他娘的端裝嫌雅就越嚴重所以他娘的端裝嫌雅是曾參的出息指數
曾參他娘太端裝嫌雅了每天不運動真是要小心血脂肪過高
還有曾參他娘老是掛著一副曾參他娘的表情曾參當然是他娘的
真他娘的沒啥說的也未免真他奶奶的一脈相承這個端裝嫌雅
曾參想想也好自從曾參已經是曾參之後曾參就不再只是曾參
這玩藝兒好這玩藝兒好曾參悄悄蹲在窗外曾參他娘坐在那著名的織布機前
安詳地著名下去旁邊也安排一把刀子好像也是什麼個什麼的道具
曾參殺人不等於曾參他娘的端裝嫌雅此其一
曾參殺人不等於曾參他娘的端裝嫌雅此其二
曾參殺人不等於曾參他娘的端裝嫌雅此其三
曾參他娘的跳牆是曾參牆根外的竊笑曾參他娘的端裝嫌雅躲在牆角
娘噯多運動身體好不然曾參每日殺一人
。

三・不在場證明

調查人員拿著一疊曾參每日例行全身健康總檢查報告單仔細核對
因為他們沒曾忘記指紋核對是後代也就是近代神捕的道具咳
咳身高一百七十身高一百七十體重六十體重六十腎臟功能零點七咳
咳腎臟功能零點八咳雖然這是小小的疑點咳記上疑點點數零點一咳
咳手完整腳完整手完整腳完整健康狀態欄每一張都鈐印著咳完整
據調查顯示今天的曾參是昨天的曾參也就是這個曾參不是那個曾參
曾參果然去作身體檢查檢驗報告咳是不在場證明何況哪
何況曾參很完整不會派出那個部位抵達犯罪現場咳
完整的曾參有完整不在場證明
。

四・不出席憑藉

犯罪調查聯席會唯一不出席的是被調查的曾參
曾參幹過犯罪調查聯席會委員知道那個調查還要用嘴巴講好久
只要講到曾參孝養他的老娘大家就開始唱歌唱好久
曾參想想人家一向栽在歌聲裏便什麼事也都不理見了曾參還要打揖作禮
免禮免禮幹完了正事再作道理曾參去他老師的春秋工作室中
劈削竹子搬搬竹簡去他老師的書房看古人大吃排頭
犯罪調查聯席會怕吃排頭不敢真去他老師的春秋作坊
便互邀相好的商議去你的點點點然後一哄而散
。

五・不說明道理

曾參不願說明他沒殺人因為說了就好像作了不認
作了不認就好像說了不作說了不作就好像偷了不說

偷了不說就好像儘想不偷儘想不偷就好像不偷儘想
不偷儘想就好像曾參也有殺人動機
所以曾參不願出面說明
。

六・不抗告基礎

不出庭應訊不出面說明曾參這樣隨人告發曾參殺人又不是告訴乃論
曾參孝順也不是告訴乃論曾參說話也不是告訴乃論都是非告訴乃論
曾參在春秋作坊用皮革串起串串的非告訴乃論一些不可抗告的非告訴乃論
其實不可抗告正是曾參殺人或不殺人的立論基礎
這一點曾參可明白得很
。

七・不答辯意義

曾參殺人第一次曾參殺人第二次曾參殺人第三次曾參難道又殺人了
為什麼老說我殺人曾參很生氣就是去他的老師家也還是氣
曾參是一個工讀生去他老師的家打工用皮繩編織著春秋編著編著
忽然暱笑起來曾參笑了
要是竹皮上刻著曾參說我沒殺人那
那可真夠沒味兒
。

八・不上訴結論

這個時候江湖中哄傳著曾參殺人眾人訝異之餘談論個不休
口沫橫飛就越來越興奮義憤填膺就越來越愉快流風所及
這個號外讓村人的生活增添色彩外帶連絡感情怨家相逢也忍不住多扯兩句
到了最後看看態度大家簡直對於曾參殺人頗為激賞

誰願意作個掃興的人去干犯眾怒
曾參也有些口吃了
。

新虛無自我後設神劇

（官吏、詩班A、詩班B、詩人、女孩）

全體

這是另一個神被召喚
重新審判的時代

・

官吏

聽說，神將祂奉獻給了世人
各位讀者，你，或者你的祖先

分到了哪一個部分？
不要怪我將神物化
我不是個無神論者，真的嗎？
是你們，你們的神跡導致如此
讓我來聽聽你們唱些什麼吧

•

詩班A

神在世人中獨處
勉強將祂足跡拖曳成地球的
經緯線是一個個交錯的
直角是一個個岐路的
原點是所有方向的
人性的開始

•

詩班B

典型的人在神跡中追尋
自我神性的相對哺乳
這女孩的內在靈魂是無性的
而外在靈魂有清晰的緯度
她全部的溫柔都
也都將奉獻給
平白無故的神
所以，就將之收入行囊

・

官吏

錯了！錯了！
世人當中根本就沒有神，而
典型的人也並不追尋

他就是完全的
是完成的，其中一種
即使神的生態缺少謬誤而不完整
這……我們已在昨天的唱詩中
呈獻很多了……
我必須要求詩人刪去這一段

・詩班ＡＢ
這佩掛著勳章的導演皺著眉頭狠狠刪去聖詩第一節
對於這樣的負擔
我們並不在意

・詩人
不要刪去第一節啊
它是我的手指

我手持靈感之筆的手指
我一切的愁悶與神思都將從此流瀉而出
這是神與世人交通的一道捷徑
它應該樹立的號誌是小心行駛禁鳴喇叭而不是
　禁止通行

・女孩

對於我自己的傳記
我，總還有一些說話的餘地吧
隨你們怎麼寫，都好
但你們真的不曾注意到
我輕柔的白紗飄動的裙襬嗎？
你們不曾讚歎我優雅的步幅嗎？還有

眼角凝結的月兒消逝清晨喜悅的一滴
露珠
你們，難道你們不明白
這就是真理

．

詩班A
神的形像正在進化當中

詩班B
人的精神為祂註腳

女孩的外在靈魂（從詩班B走出）
其實，我們都是神跡
你昨天的噩夢是神創造的魔鬼
是祂的自我失敗模型（退回）

女孩的內在靈魂（從詩班A走出）

我就是神
你昨天的美夢都是被加諸的
自我恩賜，我鄙棄
我不能的噩夢（退回）

女孩的內、外在靈魂

醒吧，別再作夢了
女孩，妳永不能掙脫我們的枷鎖

詩班AB

甚至於去當神的情婦

•

官吏

夠了，停止你們的夢囈
我想要將詩人倒掛在樹上

榨乾他，所謂的神性
看看他，還是不是一個完整的人

・女孩

這官吏竟然以為人性當中沒有神性
那麼，愛情將從何而來？

・詩人

就讓我被倒吊吧
不要得罪這神的審判者
只要相信不再潛伏的愛情就夠了
神性難道是濕潤的流體嗎？
那麼，
祂也能從我的指縫間流失

・

詩班B

這一場關於聖詩的爭辯
終於開始勾畫神聖的愛情
詩人與女孩正分別扮演
神與神的情婦
然而，官吏的殘酷
是充分物化這場愛情鑑證儀式
最大的功臣

詩班A

這一場關於聖詩的爭辯
終於開始勾畫永恆的神性
詩人與女孩將分別象徵

神性與神跡
然而，官吏的智慧
是充分量化這場神性鑑證儀式
最偉大的功臣

詩班B
哎！象牙塔裏可憐的人們
你們錯了，讓我來告訴你吧
神，就是人

詩班A
你們這些無知的流浪人
你們錯得非常絕對
讓我來揭示真理吧，其實
人，就是神

・
官吏
夠了，你們這一群神棍
為什麼要讓你們豢養的神對你們吼叫連連
我的判決是，
聖詩永遠不准公開上演
女孩與詩人倒可以在神前結婚

・
詩人、女孩
不！我們不要結婚
詩班ＡＢ
他們不要結婚
他們，為什麼不要結婚？

女孩
唯有愛情，才是神性的連繫
詩人
婚姻，卻只是無聊的神跡
官吏
這到底是……
難道，真要神來審判嗎？
・
詩班AB
這場晦澀的爭辯還在印製足跡
我們並不在意結果如何
只要聖詩能夠繼續朗誦
。

關於貓之死

一、貓的二種快感

呼嘯而來兩盞車燈
蒸餾她的熱血
且不管顏色如何吧！
夜的包覆
她純粹是隻黑貓
・
兩盞貓眼　開始探照
最後一個剎那

她閃身而過
這並非四目交投的緣分！
（貓找到了繼續生存的意義）
・
然而，貓終於被車燈碾過
目光交會
（貓找到了生存的意義）
。

二、貓的生存意義

夜半，貓被碾斃
起因於所謂的眼神相會
・

清晨，這貓餅
這曾經是一頭貓嗎？
遭許多車輪擫成
這簡直是早餐炸得焦脆的燒餅！
拍掉灰塵
也還有些血色
・
大白天裏，
貓的眼兒無神
她被好多車輪帶往各處
・
一到夜裏，
綻放她眼中
迷幻的神采
。

三、貓城

貓魂附在碾死她的車燈裏
身體散在碾過她的車輪上
．
整夜，她用眼神的迷幻
依然迷醉這城市的迷幻
她對俯衝而來的貓眼說：
不是我！或者，
是我！
．
她們巡弋這城市的夜
她們伏伺這城市的夜
。

四、貓夜之死

貓光十色的黑夜城
貓的自殺率節節攀升
於是警察單位高度關切
新聞頭條貓佔據的黑社會

・

警長下令肅清貓眼光害
交通監理所為每一部車作法驅邪

・

精神病院裏的上帝
命令太陽在夜裏升起

・

就像一次次瘟疫的撲滅
人類再一次戰勝
夜的迷離
並處死她！
。

四君子

。。。梅

君子，你被餵養以冰雪
其甘冽，勝如春芳甜暖蜜液
輕憐的愛意只在永世嚴寒中喘息

・

你熟讀古人而非今人
你在梅雪禁衛的小屋裡
一小盆炭星、會顫動的燭昏
是你私密的第一個情婦

這弱貧的女子
暖不遍你修長的四肢
儘管她的灰燼只是那麼可憐的少
你那麼專一地寸寸吻透她
那麼，你也倦了
睡吧，你們雖然孤寒
這種幽情不會彼此思戀
但似乎是同衾同穴的

·

你披衣而起
梅枝托持著淨澈的銀金
他不會告訴你什麼
你明白，
一個心神的導師自有其戒律
你先是瑟縮

你的月白長衫伸張了長度
他接受這樣的禮敬
擻擻便以彈落細雪摩頂
授記
・
你折持梅枝出遊
於是你必冷而且豔
你和愁容、笑臉的鄉人
彼此愛慕，當是古人般的
君子，誰識你？
你識得誰？
如你胎養於雪白
面容也不免太冰瑩
。

。。蘭。

富貴可養蘭
這種不可口的菜蔬
會是官場的笑話
彎刀利葉卻裁割你的話語

•

你曾是病梅，所以
你囚禁的蘭草都充分自由
她們在土裡交談
你則勤力以土幫她們掩埋
你一個囚禁的獄吏
周旋善伺這些生來沒有權勢的王公
因為你也是貴族階級

你明白種姓來自於土
頒之於天
向下　是通往上的正確道路
你喜歡蘭草韌葉那般假惺惺的柔弱

•

小園終於被蘭草砌成幽谷
（至少，樹立這種精神）
痛楚的快感中你割開魂魄接枝在這裡
（魂魄接肢在這裡）
你儘管出去隨風搖曳
與摧折，君子

•

然而你離開太久了，君子
小園荒蕪得很歡樂

你的魂魄悲哀地說
「他不會回來了。」
•
「蒼綠勁拔而更加抽長的芒草更有英雄氣
天生要與鐮刀爭鋒的長戈
你仍要在虛谷裡識得我的本相，君子」
•
然而你還是回來了
題壁詩遂有芒草氣：
鄉思振晃埃
院落隱墀苔
徐將興廢況
揲草復斜栽
•

然而放野的蘭草沒有話語
你們在風裡相視而笑
悲哀的魂魄乘著你殘破的一身
君子，你走吧！
這裡不是你的家
。

。竹。。

竹林中的茅茨土屋以竹為筋
經得起剝露的破敗之中
幽篁雖致仕了幽色
慘淡淡的筋身
黃而且白
而綠……

•

影搖搖巍巍顫顫嘎嘎然
你踏步巒巒土錯間
半勒起長袖
不平的步伐舞過叢叢竹垞
你潰決了冬夏
打算黥面竹心以外所有一切
你打算格竹終老
打算鼓盆自己空心的骨直
你打算彈彈阮咸
君子，布衣蔬食只是小事
只要你仍擁有簞瓢

•

「孩子，你將知道
肥美的筍實牛長春夏
細密清減的竹虛採伐冬冷
苦竹失卻甜髓的冬老
空洞的嗚咽才得以開始
流傳種種族裔的孤寒
收容四下無主的幽靜」

•

一葉一葉的竹劃
沒有回筆，散射
君應知
持節空心苦

書青枉淚澇
誰能含膽吞悲一戰而勝？

・

怒夜沉沉處處
潛潛戰戰影影湍湍肅肅然

・

銜枚　銜枚　銜枚　擊鼓——
號動的伏兵驚潑
疾掩疾行萬吹並作聽那殺殺殺殺聲！

・

唯爾且敢
與風的巡狩殺伐
君子，你狂亂的劍影披髮中
僅剩沉默的骨節搓磨聲

・

沙沙、沙沙
日輪將起
君子，我們只看到你像是往常披衣而起
清雅寫幽
・
你以為這是塚
君子，你仍沒有家
你仍被討伐　不止
然而你終於味觸那麼短暫一絲
君子，雨絲織著微陽的味觸
你削批了竹笻與腳步
掄起了六孔笛管勾引牧童
扳動著尺八黃簫侵襲不夜的旅人
你嗚嗚咽咽笑話不斷

總是問候與道別
當你的竹杖醉酒或入定
你就瘦皺漏透
君子，你斑白老俏
你斑駁而老俏
。

菊。。。

菊花白
一盞離了棉屯的小甕
一抱離了攬臂的胸懷
一蜷離了衾
冷醉

・

酒人在長夜裡捉夢
自不知夢　白不知夢
荒山裡誰打更？
遮莫是鼓盆聲？
桑麻話隱約在山澤
荷有菊釀　荷有菊釀

・

桃李繽紛，酒涼
一盞
菊花白
。

乳房為什麼兩座

•

〈乳房的春耕〉他女人的乳房先餵養過情人，後來，她愛上某個情人變成了丈
夫。她繼續餵養著他，她／他兒子的出生，她餵養著他／他；從她兩座堅
挺而豐實的乳房。

〈乳房的夏耘〉午後，她乳尖被一陣溫涼拉起了快感。他／
她鼓脹不出的麻癢，從她喉頭的細聲呻吟尋找出路。她
這樣被驚醒，他／她意識雖然薄弱，但是畢竟存在。
這是個午後嗎？身上的他不會是她丈夫。她忽然
全身一震，她緊握的拳頭，她雙臂當下忍住了
屬於自然界的擁抱。她肩腰止不住的微
顫之下，她／他一個奇怪的念頭竄上
腦際，「要不要張開眼睛？」為
什麼不呢？這個時候她再不
醒來，她／他想，她也沒有
臉面醒來了。但是他能把
時間不繼續？他／她能

嗎？於是她看到了他的父
親他。多麼奇怪的景象啊！一
張屬於海報臉容它也會這樣厥
吮著。他／她在短暫的磨蹭、推擠、
她的低吼與掙扎觸感中，他／她已把人倫
潦草的定義完成。於是她接受了他，接受了他
的服務。當然，不只是她乳房的堅實。（至於回報，
還不是時候。若還有機會，會有機會的。）

・

〈乳房的秋收〉日子就是這樣過，兒子對他爺爺的遺照沒什麼
特殊的感受，就連丈夫對著他的父親所泛起的孺慕之情，也只
在幾個特定的日子才得一見。他／他同樣也用寂寞的午後祀奉她，她
有時會望著這張十足宣傳照的臉發怔。回想著他的一切溫柔手段，甚至
寒毛豎起。

・

〈乳房的冬藏〉她沒有一絲愧疚，對他／他／他／她。她／他低聲自語：「真
是個幸福的女人。」
。

行吟者

〈節一〉

晌午在河邊吟唱
未經編造的清歌
都被輕風柔散在
亮綠的草，軟滑的溫厚
揉撫著躺臥或步行的走訪者
不會如我在此
永世駐紮
・
因此

我充滿而迴盪的歌聲
將化做摩挲他們臉龐
鬆放他們肩脖的煦煦絮絮
人們將不必閃躲他們無力承受的神賜
若說是我篩下陽光的柔情
獨自撐持那些令人難堪灼豔而
不帶一絲惡意的尖厲且致命的刺芽
讓天是藍的雲是白的大地各種色彩
若說是我飄散開來的髮絲網絡住
那些銀弓急雨忘形而快樂的箭簇
並以糾結抵禦最強大的興奮
譜成疏落有致的童真樂章
若說是我仰首穹視的深黑
聚成了一個極具諷刺性的靶點

愚蠢與孤寂的被定義即非不是幸福
我能汲飲最狂烈的濃醇而相互消解而化為輕風

．

風，是大地的和絃
指揮者是主旋律的鬧門

．

女孩低垂的頭
細弱的手掌擋在眉上
如我不同於人們的閑散

．

我們走罷！多麼刺眼的！
女孩搖搖頭
她的眼睛不看著什麼
我看見

•

沿著河岸
矗立著高聳
剛巧完工的巨大屋樓
與河岸的餘豁中——
　幾頭牛羊正放牧一個老人

•

前面一排排古舊土灰的長屋
也很嚴整——
　是廢棄的工廠還是畜牲的欄圈？

•

女孩說——
　不是。

・

我們就經過一座橋
沿著對岸往回走
她靜默地應和著歌
樓屋才完工不久

・

親吻赤裸的陽光
這爐火冒著最烈的芬芳
我噓散的雲翳
將把妒愛化為蜜語
這且讓水能流
而我們能建立家園
但妳知道
知道穿過天幕迷茫的雲衣

便與我熠熠的心
一同燃燒！

。

〈節二〉

夢中出現的長句詩
　在醒來的浪潮中被漸漸
消蝕了去　據說這海的無情
　是天長地久的遼原大火
她把乾枯的渴望再度燒焦
　深深沉藏的幾句詩
如果不被沖刷上岸
　承受另一種急迫的焦渴
請將瑰麗的海洋當成記憶罷！

·

據說海底奇妙珍珠的原質
　是我散落的每一句詩
她們選擇被悄悄的安葬於海床，或者
　尋找一龕貝類安置成為寶座
唉，所謂的開創者都是天生的孤兒
　冒昧地閃動著他們善於蒐集的
光芒來照耀這些光芒本身
　只有那些微笑地接受死亡的人們
他的兄弟　才能靜靜等待釀造
　遠古的浪漫　他們不是封識的記憶
卻是獻身於秘奧的一道道晦黯曙光

行吟者

•

採珠人不需要極地冰凍的不滅日光
　相較於短暫　她只想要更短暫的
在長遠吞沒她之前
　將自己鑄造成一枚許願的銅板
這種鏽蝕總更為浪漫
　她以為人們將珍珠的亮麗附上價值
是銅板不專為許願的庸俗化
　她嘲笑經濟學者的珍珠袖釦
並不更甚於詩人自矜的鏗鏘字句
　然而珍珠並不流傳庸俗
「字句不因堆砌庸俗而庸俗」詩人說

•

「為我採來大海廓然鍊製天光的結晶呵
　女孩，游動妳烏亮的眼眸
找尋每一個端坐困居在他自私養母寶座上的王子
　那身披甲冑的女人，以為溫柔地涵融著尊貴
哎，尊貴，難道不是湛藍與神賜的幽光麼？
　當我真正親吻大地的剎那，曾從我的指尖
流竄出來，祂粼粼騰光與每一個黎明沒有什麼不同
　然而在我將祂鏈成榮冠想要呼喚世界的同時
卻被海洋滾滾不息的指爪摘去所有的星芒
　收攏袖子嚴靜地安詳祂的吐納將我遺留世間
我沿著海岸搜索我的詩句，我的孩子
　終於，我在最後一次描摹不出孩子肖像之時
原來我是神恩的出口，而將之堵塞而辜負

我在世間的每一滴淚都真實而不光彩
採珠的女孩，妳將為我找出失落已久的詩句麼？」
女孩眼瞳閃放著幽光，照著詩人深邃的眸說

•

「你所說的尊貴是我所不知道的
但我想你懂得我的珍珠
我想，在黑夜裏找也能找到珍珠了
但是詩人，你可願為我描寫一段黎明麼？」

•

曙光衝出界限的時候
詩人面對孤傲的海洋落下淚滴
滴在沙中，光芒緊緊裹住粗礪的沙粒
然後幻影被迅速蒸乾

。

〈節三〉

錯開潮汐節奏而來的風
不能耐煩於柔順的優雅
出自寂滅的孔竅
傳達脫軌的神恩

•

若不是如此
　沿著山陂游走而下的花絮
便不能轉出迴旋的舞步
　躍動的群襬與蒼涼的浪跡
有如聚光燈下耀眼的女伶
　妳最聖潔，妳最悲傷，妳最高貴
戲劇永遠是分幕的。Alas, prima donna!
　妳至少曾將世界凝縮成妳這麼一丁點兒大

就這麼一丁點兒大，妳
　足可嚐盡即將朽爛的餘生
當作濃重乾熇的調味品
　遮掩或驅捍些許霉味兒

・

我敢說不管是不是被創造出來的種種世界
絕非必然的或偶然的如此單純
甚至是有些疑然的

・

若不是如此
　湖心不會漂來一骨架詩人
沒有槳而撐起血肉貧乏的帆
　舵是主宰「動」的元素
詩人尚未墮落成魔法師

不便蠢笨地命令這唯一自主的舵工
迷航是沒有這回事的
　誰說他真能知道方向
竟就是個無神論的智者
　也必明了生命的白費力氣
及一切虛無的存在實體
　當詩人必須上岸
就將之視為必需

·

兩個世界交會於摺紙船的女孩身旁
但我們暫且休要談她
讓她與風的戀愛更作準備

•

嬌紅嫩脆的花瓣呵！
妳究竟，姑不論妳來自何方罷！
妳的結局可真能在我手上完成麼？
我從迷失而來，啊！迷失，也竟得以
如此迷人？瓣心最紅底迷人深處
從殘破的凋零催生則我孤獨的飄泊
也算不了什麼也不過是生命虛軟的
具體安慰與靈魂無依的真實依靠
然而，我粗礪滿繭的一雙誠摯的溫柔
恐怕不配櫬托著妳這最珍貴的「易逝」呢
哎！我總不願看到結局的最終幕
也許妳便躺臥這湛綠的水柔上還，還讓
漆黑穿著的沉重親手將妳埋葬罷！

•
女孩撕下記載分行長短句的簿冊
　紙船與花絮被惡作劇碰撞
飛紅沉滅了膠綠，字跡也模糊了
　詩人摘下了帶羽毛的絨帽
也放他沒入那，「孤零」……
。

〈節四〉

經過一番山巔找到的跋涉
卻又是一個頂峰
永遠超越這命定的一點高度
離天越近你知道
越遠，群壑撕開睜眼便貼覆的天幕

越遠，跋涉高於一切高度
越遠，跋涉是遠離
詩人，你能趨近什麼？

・

我也許是期待的
——但我終是絕望的
我也許是絕望的
——但我終是跋涉的

・

到了山腰
女孩已經成長
爬藤、花朵裝飾的小木屋
是詩人殘留眼底最後的景象
。

街景的角落

（1）

句子沿迴旋梯級竄上，叩我閣樓的門。叩、叩，我正思索應對，它坐在窗台；我走近邀它入來，它說你在樹葉隙縫盤桓。

・

我坐在窗台上，縱想縱躍的可能。而我希望，這會是我死前的最後一個思考。好嗎？

。

（2）

每天的窗台，終於發現闃夜的行道樹，瞪視我許久。他告訴我停車格裡的片段與泡沫劇，我與她談著，郊野枝葉的齟齬。

•

天將微熹，遠處傳來清道夫轆轆的手推車聲，她便又瞪視著穹蒼，切斷她的體香。

。

（3）

凌空的盆菊，是人門吞吐的唯一味蕾，我相信她以我稀薄的出入而存活。為了與她戀愛，我不得不咀嚼世界，分泌唾液。

•

門房忽然微笑了。我開始不安，並且不能專注於櫃台上的那盆菊花，與過道的秒數。

。

（4）

第一聲叫賣，割開昨日，驚恐我又沉滯的柔靡。日子並不連續，我縮身販賣機後，避免過度沉重的交易。與逼視的分岐。

•

當攤販推車、嬰兒推車與建築工人推車擠在街角，壁上獨輪單車小丑的海報早已過期。

。

（5）

失風的提款機劫案，正經歷原始的拳擊術；不過人生可不像文明如此買空賣空。呼嘯一聲，少年胸膛開出久違真實的花。

•

少年起身拍拍身上塵屑，在導演滿意的收工聲中，大家必定各有安眠，或狂歡。

。

（6）

蛇木蘭、窗藤與盆菊，妳們座落於街塵熙攘，仍舊山谷姿態。我慣常以心事奠祭每一道跌落軌跡，用枯乾瓣衣綴補心事。

•

不，我們並不存活於世上。即使山林的清姿，那種易逝，是你們唯能承受的禮物。

。

（7）

唱片行的同一首歌與，肖像畫家張掛不同臉譜與；流浪狗經常
的沉默逡巡。一疊標點符號，我遞不出一張；我的散光症。
•
夜漸漸深時，聲光開始沉默；沉默聲響聚合碎裂，別休止符；
開始校準森林的幽光。
。

（8）

單車屢次躞蹀自己相同影子，像杵子必將舂成齏粉，像孢子、
花粉兜售翩翩。紅燈是我的家，綠燈是我的愛人；打水漂。
•
靜的夜，話語才出現。這荒道，號誌燈都與我交好；教我賞
月，提供草香，帶我飛。
。

（9）

預言家將進城——我預備的石塊足以服務他的死亡權利；龐大的清運箱預留成講台——必可多所舉證；為預言之死就緒。

·

數月後，散去歌迷的簽名會，完全證實我的計劃失控；石堆在露台上長出可愛綠苔。

。

（10）

嘲笑我作息的，不是錯亂的布穀鳥，是盡職的鐘擺不曾放棄均分我的生活；直到窗台每天銜走愛情的百靈鳥，失約期滿。

·

布穀鳥回歸鐘擺，我失去了百靈鳥；隔壁老太太的葬禮吹嗩
吶，我的心臟敲木魚。
。

（11）

滲漏閣樓掩口夜半簫聲，迴旋同一曲又斷訴同一曲；嗚咽踉蹌
著一地月銀。設想這是荒山野嶺，設想荒山野嶺冷清閣樓。
·
白日的簫聲更狂恣無人，正如你們想要的社會安寧、新秩序；
與電線絕不短路。
。

（12）

晨喧的鳥語惺忪他以為；當他習慣搬家，經過的麵包香疲軟他以為；但是不對，他從未居住或擁有那座森林的小小木屋。

•

可是你在小木屋裡安眠，同時也為旅人散出的烤麵包香，那麼荒僻角落浪擲汗水淚水。

。

（13）

穴居城市，披面灰白長髮成為電梯電影，一種恫嚇。花梨木牌位極古雅，用柔媚趙體字，絕佳。當初捧著牌位，穴居人。

•

他曾理髮，重回文明，被誤解是文明人。最後穴居在文明設備裡，安適地泡壺鐵觀音。

。

（14）

踩穿拖鞋日日往返，路是兩面翻捲的舌頭吞噬；豪華的花生殼棄置。燈號噎噤，晚餐無奈；洗個好澡，春泥也適口宜人。

・

進門與出門神采多少不同，嘴裡生疔瘡，食物便不同痛楚。道路通往毀滅，闢出道路。

。

（15）

晨間的早餐車，傍晚又停靠；烤蕃薯、解碼器，提供兩種溫熱。仿股市紅的招板字跡，三木之下，何求不得？生命畫押。

・

我攤開宣城紙，鼠鬚筆、紫光硯、松煙墨，北海碑體畫押，烤蕃薯、解碼器，黑字。

。

十五日之思念小冊

15日之一——我將使妳復活

且莫管，誰施了這樣的咒法
愛人，也許是可敬的上蒼　也許
是充滿惡意的命運之神　也許
　也許這只是我慣常的句法　而也許
是妳，妳是個自眠的精靈　我知道
為了甦醒第一道陽光的溫煦擁抱
妳必須深深入眠，甚至邁入死亡狀態
　噬盡最後一口黑暗，並
佯裝那裡沒有我，愛人！

•

「那麼，十五天，愛人
　或者更久，你總要耐心守候
或者我可以確定死亡，繼續擁抱
　那，制約我的睡眠　充滿
沒有陽光的聖境　制約不是一種保護？

•

　我可以知道死亡的幽隱與睡眠的角落
但是愛人，當我開始咀嚼生活與生命的
甜味與酸辛，當我的舌苔也會昂揚
體內燃起的欲火，將我們緩緩焚滅
　我們不是復歸死亡，或者，睡眠？

•

是啊愛人，那畢竟不同，不同於乾枯的灰燼
　我們將在彼此的唇舌汲取水份，蒸騰。

·

所以愛人，讓我們且先釀造孤寂吧！
　你必須向孤寂好生道別　靜靜的
將之縷縷燒盡　讓孤寂審視自己的幻影。

·

那麼，十五天，愛人
　或者更久，你總要耐心守候。」

·

而我，愛人，我將使妳復活！

。

15日之——漫長的第二日

一向蔑視的睡眠，清晨前後
　又來對我冷笑　你啊！
你需要我　不管我的觸感如何
　我軟癱在椅子上　椅背
不要以為我不能攫住你　清醒的人
　沒有招架的力氣了　她
她！她是唯一能抵禦我的　你的利器
　她，現在或許也正抵禦著
惡意的祂說　但我能幫你抵禦她
　不，她是不死的　我說
我可以使她消失在你的昏睡中　清醒的人
　這樣我就不必忍受等待之苦？

當然！這世上只有無夢的沉睡得以抵拒愛情
只是暫時的，不是嗎？
如果你想要永久，我也可以給你　清醒的人
我只是苦於等待，相信我
人們總是不信先知的預言　災難，卻在步步毀滅中
她確實是不可抵抗的，相信我
我也是不可抵抗的！儘管，只是一場場的小戰役……
你退縮了　睡眠，你的力量並不大
那麼你將棄視我　嚐盡等待的壓迫與思念的利爪？
這麼說，我也許想攫住你　睡眠？
在她的穹蓋之下你只是與我偷情　清醒的人
哦！我曾與她談過你　朋友
在她離去之時我卻是你的情婦和敵手　清醒的人
然而你是諦視我們擁抱的褓姆

現在我則充滿敵意瞪視著你　直到毀滅她毀滅你
　然而夜色又披覆我們　我不想鏖戰
你不會一直抵抗我的　你將不斷躓蹶　清醒的人
　而她，會是你不能戰勝的敵人！
。

15日之第三日開始

然後，第三日開始
・
如果不是我的幻覺
剛才的斷簡殘編——
我奇怪地凝望電話
然後，第三日將要開始

‧

我們依靠最原始的而非先進
傳訊不佳原是現代與科技的本份
試想，話音跑了千里之遙
函住了妳累不累
嗯……
然後科技再也不科技
我等了再等，親愛的
然後，第三日將會開始

‧

我們依靠最原始的而非先進
真的，親愛的
這以秒計數的斷簡殘編以及
嗯……

已經傳達了最完整的思念

。

然後，第三日

。

15日之第三日尾聲

在屋頂繫上第三朵風箏
我手上的觸感有雲的秘密
今天我不說話
細聽遠方飄來的風聲

。

這幾天午後多風響，親愛的
我疑心妳想跟我說些什麼

我想我都知道
風停了，她是個賣關子的頑皮女孩
我微笑地望著望著妳的雲
就如我喜歡望著望著雲的妳
然後，我們都忘了
待妳回過頭望向我
風，和我，才會醒來
妳眼裡的藍天笑我們發愣

．

夜裡我不想進屋，親愛的
現在我們共有的穹蒼一樣深邃
有些秘密藏在那裡
妳知道嗎？幾個夜裡
我們的低笑與蜜語

都偷偷的張掛在夜空中
閃閃爍爍，卻永不消逝
我既住在頂樓
就離我們的秘密更近
．
親愛的，妳快回來
到了第十五天
我將握著十五朵風箏
飛身迎接妳
。

15日之拂曉的第四日

妳知道我總在守候
在我發覺妳在夜裡醒來
如果不是這樣
我就靜聽妳細緻的鼻息
熨貼我溫然的心

・

妳的聲音非常黏膩
在如膠的月色裡尤其化不開
我想像妳銀輝的肌膚
夜涼的時候

·

妳的聲音非常黏膩
在如漆的星空中時時眨著
我不得不問妳，這
剛才的夢境
妳究竟在流向我的黟川
灑下了什麼驚喜？

·

是第四個拂曉
我依然想像妳在遠方正安眠
也有微涼的夜風撫著鼻息
若妳帶著我的聲音入睡
會在醒時爬上枕衾
說個七分鐘
與七個鐘頭的好眠

・

我走出屋外
今夜無月
妳會否安睡到天明？

。

15日之樹與獅預示的第四日

妳說我是樹
我就等妳歸巢
寧靜而長久的相擁

・

我卻說我是野獸
在思潮的草原巡遊的獅

領妳在天地間奔馳

・

我先前寫下的箴言——

樹與獅

原來正是我們並坐閱讀的扉頁

故事也許古老

在孩童的心中永不陳舊

。

15日之第四日——詩語

他說，這是拙劣的詩作

我說，這只是詩語的私語

這個時候——

愛人，我的靈魂並不存於世界
　甚至世界之外

・

愛人，這個時候——
　我必需寫詩來繼續存在
但這些碎語決綴不出嚴整的詩篇

・

（案頭妳的雕像
凝睇
也很真實）

・

愛人，詩——
是我愛撫世界的柔韌掌指
抵禦世間鞭笞的金戈

將滲入及穿透一切
只要我的靈魂確然存在
·
我的靈魂仍將存在
尚餘十一日
這個時候——
我用詩句刻畫心的搏動
。

15日之依然第四日

這個時候我在唱歌
這個時候妳已穿過小苑
狗兒打盹　貓咪

已睡了吧？
喜愛電腦遊戲的弟弟是否歌手？
妳打算回房
結束短暫的家庭尾巴
妳，才要卸妝

・

我正唱著歌等妳
這不是依然的一日
不耐這依然第四日
一般型的思念被判徒刑
不准交保
褫奪公權卻未限制出境

•

據說歌聲長著翅膀
（我偷渡到從前）
唱唱歌想像妳正聽著
不也就飛到第五日了
（我偷渡到下一日）
不是嗎？親愛的
。

15日之第五日晨六點十分

（或者是十一一分。早上六點十分，我們的專線，響了，一聲
或者不滿一聲。）

•

或者妳是想我的
在每個難捨的夜晚
・
離去的那一個早上
我們偷偷剔掉了所有標點符號
讓絮語更加濃稠緊密
・
起飛的時刻
我仰癱椅上望著天花板
那麼一剎
不甘謀殺的標點符號一次湧回
淹沒我
・
我從沉默變成沉默
過著標點符號式的生活

・

驚嘆號破折號逗號冒號
如此過了四日
第五日的獄卒是問號

・

（那一響電話鈴？）
是妳？不是妳？
問號主宰今天

・

鐮刀收割了思念卻被領主私吞
我是時間的佃農
不能停止揮舞著問號

・

路人笑說
用鐮刀批收花田？
如我這般狂烈地旋舞
似在藍色花海中
漂流
・
（那一響電話鈴？）
究竟是真的響起？
清醒的人
・
或者妳不是想我的
親愛的，妳懂
愛情　是既奇數又偶數的花瓣！
。

15日之音訊第五日

聽說妳不能成眠，親愛的
異地就是一場思念的噩夢
假如我同時失去妳的疲累
・
關於睡眠　我是個睡眠的拙劣者
睏倦像一首老記不住歌詞的古文歌曲
思念僅是心底的旋律
唱不出什麼
當然訊號中斷我們無法編寫歌詞
所以聲音無法彼此愛撫
妳的耳朵乾澀
我的嘴唇沉默

・

然而這不能停止的旋律依舊清美
在嘈雜中忽爾同時透出

・

非常私人的——
傳送時間：2001/09/11　下午 01:00

・

親愛的，紡車的針
與吻，是我
我們會睡在彼此的聲音中
。

15日之處於極度不安的第六日（二〇〇一／九／十二）

世界燃出火苗
戰爭在美國本土開花
我們處在危機之外，緊靠著
卻不能緊靠著

・

愛人，原諒我今夜的煩亂
思念雖然濃密
卻撥得非常潦草

・

在惡魔拍擊的土地
死亡的指數正用離別

重重地註解人世

・

瓦礫當中會有兒童的生日禮物
珠串項鍊及泛黃的照片
他們都後悔沒有及時擁抱
他們飲下的不是敵人的恨
而是自己的淚

・

紐約現在鬧血荒
非要等到離別到來
我們才知道用愛去灌溉？

・

我知道
回家的旅程必然勞累

第一時間的約定
將抹去我的一滴情淚
．
離別太多
我們如何縫補這樣破碎的人生？
愛人，戰火已經開啟
號哭徹底瓦解了矜持
人們在離恨中重新學會愛與珍惜
．
且莫離恨吧，愛人
妳的髮絲在我的頭上
不斷蔓延
。

15日之第七安息日

於焉善境！
第七日的律法是安息
愛人，夜的呢喃

・

思念，這樣甜蜜的勞役
一種愛撫式的鞭打
一記一記的抽動
我們身心疲憊
甘泉卻總在眼前

・

隨著心臟苦辛抽動
執法的驕陽總不移動　腳步

多麼一絲不苟！
這華麗的貴族
這家世烜赫的長官
毫不失態地緩步
尊貴　這樣刑罰了被等待刑求的人們
・
夜是柔美和善的使者
為愛情巡遊　為情人庇護
但是愛人，
當妳被流放而我
被判決等待
我們則是遺失主權的服刑者
夜使充滿善意的眷戀
卻仍然夜夜降臨

啊！愛人，
我們每夜孤獨地接見這
懷抱柔情的探慰者
是多麼的難堪！

・

然而，昨晚我們在邊境
徹夜擁抱
讚美上帝的律法
我在第七日得到安眠

。

15日之第七口——絮語

（妳總愛取笑我們
親愛的，廢話太多
說了整夜　沒有一句我不知道的
妳沒聽過的

・

認真追究起來
除了呢呢喃喃的音調
真正是言不及義啊！）

・

就是言不及義
親愛的，當喜鵲唱著清晨

夜風吹出柔歌
誰耐煩去填上個起承轉合呢？

．

我們只有幾個平凡的韻腳
想妳念你喜歡嗎高興嗎
多麼貧乏的篇章！
多麼陳腐而因襲的語彙！

．

親愛的，就如同
Amen之歌
當我們頌讚神聖
就如同頌讚愛情的純美
語言的無義
正是神思的飄揚

•
親愛的，絮語是神秘的
這種秘碼要用心靈俯觸而解讀
無義的言詞給她平凡的外衣
在不覺中滲入心底
•
親愛的，言語
是橋梁
聲音卻是彩羽的飛翔
肉體則是殿堂
愛情，就是她們的神
。

15日之第八日——童話絮語

聲音是一種奇特的動物
她的質感與量感非常具體
更甚於此
她的筋骨血肉
自然伸展、緊縮
她的脈搏
跳動心事

・

親愛的，妳的
聲音是我的寵物
當她一路朝我而來
躍到掌心

舔吮柔柔的溫熱
又攀上肩頭
摩娑我的臉頰
在閉眼縮肩
我的淺笑將綻未綻
迅速啄我一吻

•

聲音是用魔法織就的
各種表情各種感觸
在心思的間隙來回穿梭
捲起的聲音藏匿心情
抖開的聲音顏色紛呈

•

而我的聲音，親愛的
裁成一襲藍色斗蓬
從妳背後將妳擁抱
隨妳縱入漫天飛雪的奇景
在風中飄展
我們到河的源頭
啜飲第一道甘冽
・
親愛的，
我的聲音是輕柔地將妳包覆
不論在那裡
這永恆靜謐的愛語
綿綿的撫抱，親愛的
這就是魔法的觸感
。

15日之第八日——獸語

我是火！我是水，
愛人，我是烈火鍛冶
水鑄的雄獅
這是一頭靜蘊密度的野獸
而，妳是世界，我所巡遊的
愛人，清涼而潺緩的
流動是堅實的
舉起了彌空的火燄
非常冷靜地燃燒一切
一如深沉而森邈的廣闊海洋
海洋卻是全面燃燒的另一種形式
愛人，火是水

在水的包覆之下
進一步完全滲入，酥解
水這樣燒出繁花與原野
而火焚出不死的鳳雛
妳走在馥郁的林野
愛人，這樣隱性流動的溫度
也將她的壯美藏覆
如果她能燃燒，就必以火苗為心
妳的身上也不時竄出火苗
於是妳的羽翮漸漸豐美
愛人，即使妳正啄飲晨露的清甜
內心汩汩著水泉的溫慈
也不能阻止擁抱之火的喚醒

那麼，愛人
當妳看到一頭水鑄的烈火雄獅
他的眼睛流動著清澈的水
怒鬃是火燄遼燒
他的躍動與愛撫是水的輕柔
散發的熱與光令人俯首不能逼視
妳清楚地看見，而
開散的嫩羽開始顫動
甚至迸出絲絲火花
不必懷疑了
他正向妳走近
時候到了，愛人
世界已經沉寂太久
火將乾涸

而水如餘燼
難道我們真能避免一場重生而催生的大火？
當然，愛人
妳必在燃盡世間的烈焰中
第一次揮開羽衣
第一次鳥瞰屬於妳的鬱勃世界
然後，妳將溫度任運於雙翼
世界靜默，再度流動
我是流動靜默的野獸
是世界
。

15日之第九日——靜的私語

我想妳正安眠，親愛的
妳問我為什麼知道
因為妳喉頭的咕噥並不在
我的懷裡撓癢
咬字極端模糊而倏忽來去
刻意揉捻聲調的悄悄話
也並沒眨著眼來偷襲
除非妳能忍住不來
臂膀圈住妳親手放入許多
我滿是酸甜慍惱的額頭

•

異地的好眠從來是奢侈的

夢裡的依偎雖是
整夜絮絮互訴思念的
代用品，姑且是
啊！我該怎麼說呢？
「這精美的代用品一向品質也不差。」
親愛的，一笑

・

若妳是安睡著，我的愛
今夜我就格外沉靜
我將靜靜的妳一寸一寸思念
從妳長長的髮絲到細細的指縫
只用極輕極輕躡起腳跟的
緩慢的眼神柔柔地撫摸
到了妳的耳際

我絕不頑皮
到了妳的唇邊
我也要苦苦忍住
不要弄醒妳，親愛的
不讓妳察覺我擁有這樣靜好的妳
．
否則，當妳要我賠還
我將如何去表演一場睡眠呢？
．
哎！親愛的
此刻妳究竟是否安睡？還是
正擔心我整夜思念妳的焦躁呢？
。

15日之第九日的焦慮

我只好唱歌
我只好寫詩
昨夜，妳的聲音忽然不見了
細數，我們不曾交談的這十八個鐘頭
親愛的，我對下一個鐘頭
能有多少把握呢？

・

這個交通極度不便的世界
所累積下的焦慮
泰半從交通的發達開始
離鄉，被交通合理化
鄉愁，也有格式化的的表價

夜間加成與凌晨減價在思念氾濫時
繼續它們風涼的勾當
當我的思念被定義成劃一的價格
線路絕不因為我的深情而
更加穩定

‧

親愛的，分離是什麼？
我們行所無事地走在鐵柵旁
冷漠的表情，將手指偷偷碰觸
在緊緊勾住的一剎
又悵然分開
擦身而過

‧

親愛的，此時
我只好拙劣地唱歌
我只好淩亂地寫詩
數位打包音符向我抖落
數位排文字的隊形供我們檢閱
它們自己不知道它們是什麼
親愛的，我也不知道它們是什麼
它們傳遞著自己不明白的消息
必然失真

・

但是親愛的，
儘管這些無知的傭兵
不能明瞭它們郵袋裡兜藏珍寶
並常常將之缺損破角

這卻不讓我懊惱
我們當用相知相許輕易補足原貌
啊！我所著惱的
只是它們要命的怠工！
。

15日之第十日——挈

關於家的流浪
吉普賽人這麼流傳著……
・
愛牽著妳的手
妳說，左手牽著右手
・

如何訪探樹影婆娑？
親愛的，當他的漪攲漾出妳的心語
・
愛牽著妳的手
妳說，左手牽著右手
就像妳眼瞳裡飽涵的藍天
這樣與燦笑的綠樹交談
・
如何訪探樹影婆娑？
親愛的，當他的漪攲漾出妳的心語
那自由伸展的枝條間不正譜寫著
串串晶碧的音符，而和歌著
・
愛牽著妳的手
妳說，左手牽著右手

觸感的低語及溫度的流轉
是這樣絮絮聒聒的恬靜！

・

愛牽著妳的手
妳說，左手牽著右手
妳背倚著柔歌的樹
我們相視而笑
我的左手也牽起妳的右手
。

15日之第十一日——藍色擁抱

擁抱肉體還是靈魂？
親愛的，我嚐過妳靈魂的身軀

並要在妳的肉體上撫摸她

・

・

我與你多麼的陌生！妳說
肉體是道路
通往奇蹟的道路

・

「神秘的藍寶石被層層關卡保護，
倒不如說是圈禁吧！
天幕陰晴不定，天藍只在
她們有五件顏色各異的絲罩
替換之時，洩露出來」

・

層層負責的守關人
用各自的表情

詳加盤查或略做招待
這沒有行囊的虔誠朝聖者
難免幾度被誤指為寶石商人
（他是個朝聖者嗎？）

・

魔法師掀開絲罩將藍寶石
擁入懷　心跳的真實
能解開神聖的惡咒
她才破出藍色的秘密
親自擁抱這深處的心跳
她的心，也正跳動
四散的藍光滲入天際成為永恆

・

「那兒的道路崎嶇
路程長遠且重重壁壘
這種傳聞未必可靠」

・

瞧！我們只要服從自然
何需自闢道路？
他們攀向山巔順流而下
直抵海洋的傳說
藍色給予海洋
擁抱地球的顏色

・

妳與我雖然陌生，親愛的
我們在深度的擁抱中

啜取彼此遺落　熟悉的靈魂
熟悉的人！可愛的人！

。

15日之第十一日

颱風的夜裡
獅子默然舔舐傷口
濕透了獅鬃獨自趴在草原
洞穴裡有溫暖的火光與餘興節目
而獅子選擇迎接死亡的自己

・

樹站在風雨摧折中站著
這個時候，要對蜂媒蝶使說些什麼？

樹天生絕不斂起臂膀
即使是嘲笑的刺雨與肅殺的刀風
不能制止他擁抱的姿態
・
我在停電的颱風夜裡靜坐
讓野生的思念寸寸咬囓
孤燈亦已寂滅
雨嘯會平息
日子依舊繼續
絕版的晴空將被貼至破損而止
。

15日之第十三日——呼喚

妳說妳想回家，親愛的
昨夜風雨踐踏家園
我也無言地吞嚥嘯嘯撕割
暴力的雲朵沒半點愛情
卻不知是被誰挑唆？

・

細細推敲
流浪的雲朵
久在大洋飄流
不能棲息山間
在綠水田疇乃至於人群聚居
這些這些所熟稔的

盡其一日之遊
游回孤高的巨峰
跟他訴說見聞
在他的頭額脖膀笑著呵氣

・

像個失愛的妒婦
盤據我們的愛巢不去
當妳回來，親愛的
也該還能看見侵擾的痕跡呢

・

妳絮絮地問　我
在愛語中回答一切
說得甜意的唇角微微乾渴
這些天都是濕潮潮的

·

不久，天要亮了

若妳今天順利踏上歸程

親愛的，我想

妳已經聽到我的呼喚了吧！

。

15日之第十四日——相思欲輟筆

熬不盡相思在我面前

擺下一道深淵

歸期再瀆，親愛的

更長的相思緊接著相思的盡期

我們連握手的間隙也都無

我的手，是異常寂寞的

．

於是，我何能再度寫下詩篇？

我害怕我不能確定

親愛的，刻劃對妳的思念

對我究竟是慰藉　還是

折磨　當妳閱讀我的

粗糙刻工究不是

撫摸妳的耳鼓心坎

究不是　撫摸我的耳鼓心坎

．

於是，我何能？

親愛的，這分行的鞭笞！

・
但是親愛的，我何能？
何能解相思？唯有相思苦！
。

15日之第十四日——餘香

薰衣草香的　依稀
不足以標明方位
愛人，我們的訊息互相尋伺
雖然有著靈敏的嗅覺
我們只用濃濃的思念將它餵養
這未免有點兒虐待動物
・

將熏衣草香吸盡
不殘留半些個在嘈雜的空氣中
我這樣慢慢咀嚼妳
對我的思念
也真是克難的食料
。

15日之第十五日——終章不是終章

十五日之第十五日，親愛的
我們曾經輕鬆地以為
　這不過是園丁的短暫假期
　　花兒在寂寞之餘，何至於

枯萎　還當是一場美麗的考驗
　作為更紛呈景致的序曲

・
親愛的，無疑的
　我們在極度乾涸中
堅持了我們的顏色
妳是藍，幽藏的寶石
我是白，破開岩壁的光束
　竄入妳的心中，我們
暈出和悅的神秘色彩

・
思念尚未結束　詩篇
　永不完結　我的愛人
既然十五日的鏖戰

我們不能戰勝思念
更艱苦的思念勒住妳我
心頭　擺在一起，隨意地
扯出心緒來嚼食癡肥
・
親愛的，如同
　清唱愛情的鳥兒
在主人外出時躲避貓爪
　啾吟出的委屈與
呼喚　我這樣便寫下
　二十四首屬於妳的小詩
將我每日二十四時不間的思念
獻給妳，可愛的人！
。

跋・箴言

↑獅子↓

獅子是一種野獸，基本上，除非用鐵柵將你的畏怯與牠隔開，牠，是不可豢養的。

・

如果你有足夠的勇氣、聰明與友誼，就能接近獅子。其中，最重要的，是了解牠——是一頭獅子。

・

如果你沒有足夠的勇氣、聰明與友誼，則你根本找不到獅子。

・

去從事一種職業的獅子，是絕少的；也許牠天生不該是頭獅子。去從事一種職業的獅子，是墮落的；就算牠失去了整座草原。做為一頭獅子，就是最偉大的事業。

•

雄獅自有其場域，永遠不知道「臣服」是什麼。但雄獅中的雄獅卻非如此，牠甚至不知道「界限」是什麼；牠非常自我的來去，牠是完全的雄獅，是雄獅所以是雄獅的精魄。

•

因此，雄獅中的雄獅不再只是一頭雄獅，牠是獅中之雄。在獅群中，牠是獅之魂；在人群中，牠才是太陽般不可逼近的雄獅。當然，每一頭具備獅格的雄獅，在人群中依然也會是頭雄獅。

・這種獅中的雄者，不屑撕裂屍體或者「畏懼」裹腹；我再次說明，牠是獅子的「格」本身，不是「獅子」本身。也唯有如此，才能真正稱為獅雄，真正自由、自主。

・只需懼怕獅子的力量，毋需懼怕一頭獅子。至於獅中的雄者，則更不易見識到牠的力量，除非也擁有雄者之力。

・當牠見到了其他物種的雄者，並不會升起爭鬥之心；我們必須明白，獅雄並非喜好戰鬥、爭奪，牠只是不被戰鬥或爭奪。牠通常是孤獨的，但當牠見到了其他物種的雄者，也會升起友誼的衝動；然而牠絕不梳伏牠戟張不羈的鬃髮，其實雄者都是這樣的；這，甚至是雄者間的語言。

・

雄獅中的雄獅，也許是個天真的孩童；牠並不在意牠擁有的超卓力量。當牠不肯，或忘記去使用「力量」時，已經征服了。這是「力量」的無限與超越，但不一定能夠察覺。

・

獅子含蓄無倫的力量，牠坦然行走，並不藏匿，所以令人望而生畏。但由於力道的深邃與高傲，人們不敢正視，或根本不見牠炯視的眼神中燃燒著的溫愛與慈和。

・

獅子既有這般力量，便不似狼、狐般的整日算計晚餐，雖然牠也並非不會捱餓。

・

要知道，獅子的掌爪、利齒及氣力並非為獵捕或覓食而設計；牠是大地的徽章，一個不甚「實用」之物；牠就是珍貴而震醒的怒吼。

・

為什麼說是珍貴？獅子之勢早是不能侵犯，牠並不為自己的領地或權威而吼；牠只在鬱氣勃發時舒吼。驚覺，這吼是大地的禱詞，與萬物的彌撒。

・

獅雄的靜躁廣闊雖非真正萬能，牠的性格則是。牠也服膺自然，善視失敗；一切都讓牠來承受吧！最終，我們還有獅子！幸能窺知獅子的人都這樣想著。這種信念起於他們至少知道，獅子絕不幸自的，是牠是一頭獅雄。

・

雄獅的頭鬃是日冕，當牠燒盡之前，確實是無盡的自燃體。牠雖然只被圍繞，沒有敵手，但牠也會受傷、致死。牠的強韌並不極致在牠絕對優勢的筋骨齒爪上，並且有些漠視地；牠因不懼受傷而受傷，牠因受傷在牠的路上而從容履踐它。

．
牠總是影單，牠有著猛獸的通性，在受傷之時心裡豎起一道利爪的欄柵，絕不求助！甚至拒絕幫助。

．
因為牠在健壯得意之時，才會在愛侶諒解的愛眼中，收起利爪，慵軟地翻躺在草原上，看不出警醒地打著懶滾。卻，獅子在負傷衰弱時最為強硬，牠天性選擇孤獨地瞪視著死，而非瘸行著活。

．
一隻瘸腿的獅子算是一頭獅子嗎？如果牠必須活，那麼牠以獅格來典型牠是頭獅子；如果活著不是必須，那麼一頭真正的獅子絕不瘸腿；牠讓腿傷自己延燒、朽爛，牠在無人或群眾圍觀的牠的原野正中心，原野因牠而定位的正中心，絕對靜止地趴著，讓傷痛與死亡慢慢荼毗牠；絲毫不見用力而緊抿的嘴唇，靜得猶如雷鳴；則牠的四周不會有立足之處。

•

這樣，傷與痛將牠靜靜地、一寸寸地焚為灰燼，則這一座不曾變形的獅子灰燼仍然就是一頭獅雄。

•

獅群當然以獵獲維生，雄獅則否；接受獻牲，乃是他對整個獅群之獅格所在的責任；這是獅群的旗幟，與城堡；國王也不能剝奪國王的權力，與天生的高貴；甚至自己也無法墮落，否則不會長出威猛而無用的頭鬃。雄獅的姿態必須岸然直立，低伏狩伺則便摘去了草原的榮冠；失去了象徵，就失去了地上的光源，則來自天上的光源更無從認識；世界變成吞噬，而非試鍊。

•

因此，接受獻牲，是雄獅負起一切的責任與氣慨；他必須抑制偶爾興起的熱血衝動與伸展的利爪，以保衛獅格，以免獅群之等同胡狼；世界必有高於吞噬的意義，他行這種非常必要的不言之教。

・

因此，他的猛態使獵物遠遠不能接近，強健肌肉的張弛你找不到追蹤攫取的對象，他的牙齒不執行殺戮，筋爪不加諸戰利的累積。他似乎無用。

。

〈樹〉

樹的德行，就是站在那裡，長得比你高大。

‧ 如果你種植了一棵樹，卻嫌她盤結的根條撐壞了屋子的基座，伸展的枝葉穿透了窗格；回頭想想，當初你是否高估了自己的土地？

‧ 這時你卻要將之修剪枝條，到你合意的大小；你要知道，你已經侮辱了上帝的計畫。

‧ 這時你卻要將之連根拔起，改栽一些小的樹苗；你要知道，這順服的樹木不是屈從於你，而是你屈從於她。

‧ 因為不懂得和諧，便要樹木跟隨你的房屋。天知道！一所宅子較之一棵樹木，何者才是易於設計且存在於人類智慧中呢？

・可以將一棵樹木砍鋸斷、橇拔起，單單為了不適意，或者為了取得木材；她絕不抗拒，甚至不在意提供自己。事實上，她就是土地；不論你能否感受到這種大地之母的乳汁，她都給你。所不同的，在於你獲得的是樹木或者是木材而已。

・可以餵養一棵樹，也能夠殺死一棵樹；但她都不需要。你需要她，她不需要你。她有太多的朋友，當然，也不拒絕你是朋友。

・隨你的便吧！善意本不是一種爭辯。樹木最多的地方在山野，在莽地；那裡最不適合人群聚居。而且，除了上帝，她不在任何計畫之中。

在被所謂「世間」遺忘的山壑、野地裏，樹木只是樹木。她不是有益或者無益，但她卻是對我們最有益的；如果我們自知並非世界的主宰，也並非被世界主宰。

・

樹是一種緩慢的動物，從浮淺而比較的視觀來看，的確如此。

・

一株樹，只問自己的成長，絕不關心速度與大小；因此，樹是實心的，並留下清楚的記載。

・

因此，一株樹絕對會是一株樹；不論長至多大，它的每一個部份都會是樹。

・

因為它知道自己是一株樹，因此，它不會游蕩與模仿。它站在那裡就已是一株樹了，難道它還應該尋伺什麼？

・

樹是友好的，它總不縮回綠藹的臂膀，即使與斧斤握手。

・

樹是愛。它不保留地向上伸展迎接陽光，並與大地緊緊握手；它讓天、地並存且和諧，它的道路是堅實的下，與無限的上。你們為什麼嘲笑它不會平面的行走呢？

・

樹是愛。它永遠張開雙臂，即令伴它的晨鳥高飛也絕不抖落她的巢，在它的懷抱裡。它容或是任君築巢的，但你以為那是它的愛情？只因為它的友誼溫煦。

・

樹是任性的愛人，它的愛撫已在軟韌的枝葉上充滿了，它的愛情，卻在緊握的那一方土壤，生死以之。

•

樹是愛。樹因為戀愛土地，它整日所做的，無非盡力吸取陽光；為了大地，甚且恬靜飲取正午的狂烈。因此，它不爭奪人們看到的，因為它不看；它不佔據人們依靠的，因為它不依靠。然而，若是沒有這種戀愛，它不知因何活。

•

樹是一種緩慢的動物，由人的視觀來看，的確如此。

•

樹的德行，就是站在那裡，不問是哪裡。

。

↑詩人↓

詩人不必是昂走的獅子，也不見得如樹立定、耐煩，但不存在於沒有獅與樹的國度，且不願長眠於地下。由於詩人是游離的，孤高者才自見其魂魄；由於詩人是聞嗅的，便不能沒有芬芳。

附錄・音聲七啟朗誦稿

演出：

個朗↓詩班隊長、鋼琴、節拍器、木魚、貓

團朗↓白衣詩班一（❶）、黑衣詩班二（❷）、雜衣詩班三（❸，老師一員，小女孩數員）

◎↓全體朗誦

第一回合

（隊長）

琴鍵忽然自動跳起舞來了

這又是一樁怪事　且先

不管她

◎她被練習過的曲子一遍一遍來過又

◎自己換算著不同的節奏

（鋼琴）

節奏算什麼

◎節拍器說

（節拍器）

妳沒有道德

◎來一段貓在鋼琴上散步

然而妳死了妳死了　這算什麼鋼琴

（鋼琴）
誰理你誰理你你究竟自以為是誰
敲著死板的步伐　你你你
木魚去不會啊
（節拍器）
我很木魚妳不鋼琴我很木魚妳不鋼琴我很木魚妳不鋼琴我很木魚
（鋼琴）
是又如何

第二回合（詩班三動作）

◎鋼琴老是覺得嗆咳甚至

◎感到縮缸的命運被陰謀著其實呢

（隊長）

小女孩鋼琴著鋼琴喵咪似地

懶懶踩著咪咪步

❶❷夠嗆

（節拍器）

夠嗆吧

❶❷節拍器不以為然地用傳音入密的絕頂神功告訴鋼琴

嗆了吧

嗆吧　還妳個問號

（隊長）

這老師死氣活樣地墮慢六百二十七分之一拍

作什麼討好學生哪

木魚個不木魚真是職業道德大淪喪

❶❷這小笨童乾脆卯起來

❶❷敲敲打打個木魚頭　槌槌扁扁爛她個砂鍋魚頭

小女孩下課鋼琴咳完節拍器氣嗆嗆地氣

❶❷嗆嗆地氣木魚很久沒人敲了

貓在鋼琴上回籠覺去了

◎鋼琴抱著喵把嗆全部一起睏棄

第三回合

（隊長）

琴鍵又站起三七步

　　◎瀏覽被半遮面的社會新聞版

幾條腿漫拽著太妹式抖

　　◎喵被震醒春聲於是有了豐富的餘波不過

　　◎喵春也被震得個想要去咳化痰

鋼琴被喵的咳春笑得花枝亂嗆的咳

　　◎被被被被被怎麼都是被　再還一個問號

木魚也被木魚誰都被誰只有節拍器

　　◎不被

　　◎他被大家

第四回合

（節拍器）
鋼琴這次很乖她規規矩矩踱方步
◎節拍器搖頭晃腦很欣慰
❶很得意・❷很恬適・❸很平靜・❶很慈祥・❷很滿足・❸很陶醉・
◎還很點點點點

（隊長）
問號今天休假明天請早
世界真的很和諧
❶嗆咳不再霍亂・❷男人不再嫖妓・❸女人不再嫖化妝品
◎而且呢
喵可能也會開始叫夏秋冬但是
現在牠還安靜的因為

◎現在的世界太很節拍器發條鬆了

大家都睡著了

第五回合

（鋼琴）

節拍器終於被貓這世仇狠狠修理一頓飽的

◎修理得該棄修理了

（隊長）

代班的是誰・說他像魚的木魚那

木魚像誰・誰個木魚有不同髮型

（鋼琴）

都刮光了頭準備挨敲
　◎鋼琴敲著自己的心絃推敲著另一種舞步
　◎木魚被敲昏了頭再也不推敲節奏
你這沒有道德的木魚你是有頭殼沒頭腦嗎
　◎她用狂想曲說

（木魚）
誰理妳誰理妳妳心裏有太多絲緒我可是頭毛半根也無
　◎木木的木魚木木的說

（鋼琴）
你是木魚我很鋼琴你是木魚我很鋼琴你是木魚我很鋼琴
你這捱敲的貨
　◎貓被他們敲來敲去所以

（隊長）
貓真的在鋼琴上昏倒了

第六回合

（隊長）
木魚雖然永世長不出頭髮但也不必儘沉淪無上妙道
◎那真的很遜
鋼琴還是很愛變奏
◎但現在都走的世界名曲路線・氣質得很
問你可曾注意問號問號其實木魚還真是咧著嘴笑呢
◎別再問號了
告訴你說　那個問號就是少了個木槌的木魚所以總不回答
❶木魚既然輕快起來

❷鋼琴也就舞姿優雅

❸節拍升官為重奏

喵的咪咪呵完一切積欠

點播一首搖籃曲就又

◎睡牠個不是皆倒的大覺去了

第七回合

（隊長）

最新奉請的節拍器火辣辣地走馬上任

◎在虛席以待的上座部正式登基

◎上了發條

（節拍器）

為—萬—世—開—太—平—

◎在為萬世開太平聲中

（貓咪）

喵——嗚——

◎喵嗚率先發瘋　口中發白沫

◎鋼琴也有些錯亂．她說

（鋼琴）

我不調音我不調音你們根本聽也聽不懂我說什麼

◎節拍器可抖了

（節拍器）

哇—哈—哈—哈—

◎完全是一種天威難測的國字臉型．敲釘轉腳

（隊長）
木魚還在家但又被本位主義訓示一頓
　◎繼續被一支驚歎號形木槌敲他個
（敲木魚聲）
空空空空空
　◎還有嗆咳
（隊長）
空—空—空—空—空—
　◎問你可曾注意問號問號
　◎其實木魚還真是咧著嘴歎呢

讀詩人54　PG1265

詩長調．十五日之思念小冊

作　　者	張至廷
責任編輯	廖妘甄
圖文排版	連婕妘
封面設計	蘇淑莉、蔡瑋筠

出版策劃	釀出版
製作發行	秀威資訊科技股份有限公司 114 台北市內湖區瑞光路76巷65號1樓 電話：+886-2-2796-3638　傳真：+886-2-2796-1377 服務信箱：service@showwe.com.tw http://www.showwe.com.tw
郵政劃撥	19563868　戶名：秀威資訊科技股份有限公司
展售門市	國家書店【松江門市】 104 台北市中山區松江路209號1樓 電話：+886-2-2518-0207　傳真：+886-2-2518-0778
網路訂購	秀威網路書店：http://www.bodbooks.com.tw 國家網路書店：http://www.govbooks.com.tw
法律顧問	毛國樑　律師
總 經 銷	聯合發行股份有限公司 231新北市新店區寶橋路235巷6弄6號4F 電話：+886-2-2917-8022　傳真：+886-2-2915-6275

出版日期	2015年5月　BOD一版
定　　價	250元

Printed in Taiwan

國家圖書館出版品預行編目

詩長調.十五日之思念小冊 / 張至廷作. -- 一版.
-- 臺北市 : 釀出版, 2015.05
面； 公分. -- (讀詩人 ; PG1265)
BOD版
ISBN 978-986-5696-93-1 (平裝)

851.486　　104003548

讀者回函卡

感謝您購買本書，為提升服務品質，請填妥以下資料，將讀者回函卡直接寄回或傳真本公司，收到您的寶貴意見後，我們會收藏記錄及檢討，謝謝！
如您需要了解本公司最新出版書目、購書優惠或企劃活動，歡迎您上網查詢或下載相關資料：http:// www.showwe.com.tw

您購買的書名：＿＿＿＿＿＿＿＿＿＿＿＿＿＿＿＿＿＿＿＿

出生日期：＿＿＿＿年＿＿＿＿月＿＿＿＿日

學歷：□高中（含）以下　□大專　□研究所（含）以上

職業：□製造業　□金融業　□資訊業　□軍警　□傳播業　□自由業
□服務業　□公務員　□教職　□學生　□家管　□其它＿＿＿

購書地點：□網路書店　□實體書店　□書展　□郵購　□贈閱　□其他

您從何得知本書的消息？
□網路書店　□實體書店　□網路搜尋　□電子報　□書訊　□雜誌
□傳播媒體　□親友推薦　□網站推薦　□部落格　□其他＿＿＿＿

您對本書的評價：（請填代號　1.非常滿意　2.滿意　3.尚可　4.再改進）
封面設計＿＿　版面編排＿＿　內容＿＿　文／譯筆＿＿　價格＿＿

讀完書後您覺得：
□很有收穫　□有收穫　□收穫不多　□沒收穫

對我們的建議：＿＿＿＿＿＿＿＿＿＿＿＿＿＿＿＿＿＿＿＿

＿＿＿＿＿＿＿＿＿＿＿＿＿＿＿＿＿＿＿＿＿＿＿＿＿＿

＿＿＿＿＿＿＿＿＿＿＿＿＿＿＿＿＿＿＿＿＿＿＿＿＿＿

＿＿＿＿＿＿＿＿＿＿＿＿＿＿＿＿＿＿＿＿＿＿＿＿＿＿

請貼
郵票

11466
台北市內湖區瑞光路 76 巷 65 號 1 樓

秀威資訊科技股份有限公司 收

BOD 數位出版事業部

....

（請沿線對折寄回，謝謝！）

姓　　名：________________　年齡：________　性別：□女　□男

郵遞區號：□□□□□

地　　址：____

聯絡電話：(日) ________________ (夜) ________________

E-mail：____